Analyse de l'œuvre

Par Hadrien Seret
et Apolline Boulanger

Le Colonel Chabert

d'Honoré de Balzac

lePetitLittéraire.fr

Rendez-vous sur lepetitlitteraire.fr et découvrez :

Plus de 1200 analyses
Claires et synthétiques
Téléchargeables en 30 secondes
À imprimer chez soi

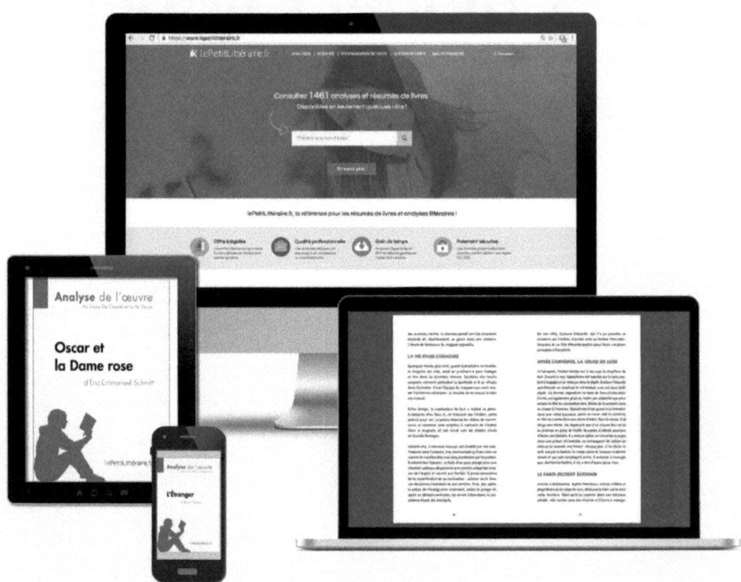

HONORÉ DE BALZAC

ÉCRIVAIN FRANÇAIS

- **Né en 1799 à Tours**
- **Décédé en 1850 à Paris**
- **Quelques-unes de ses œuvres :**
  - *Les Chouans* (1829), roman
  - *Eugénie Grandet* (1833), roman
  - *Le Père Goriot* (1835), roman

Honoré de Balzac est l'un des écrivains français majeurs du XIXᵉ siècle. Jeune homme, il s'ouvre les portes des milieux aristocratiques parisiens qu'il ne cessera de fréquenter. Mais des entreprises désastreuses et un train de vie excessif le ruineront rapidement : l'écriture littéraire, pratiquée avec passion et assiduité, deviendra pour lui le seul moyen de rembourser ses dettes.

Ambitieux, il s'attèle à une œuvre monumentale, *La Comédie humaine*, qui compte plus de quatre-vingt-dix romans, et dont le but est de dresser un portrait exhaustif de la société de son temps pour « faire concurrence à l'état civil ». Parmi ses romans les plus célèbres, on trouve *Eugénie Grandet* (1833) et *Le Père Goriot* (1835).

Balzac est considéré comme l'un des pères du roman réaliste moderne.

LE COLONEL CHABERT

UNE INTRIGUE CAPTIVANTE

- **Genre :** roman
- **Éditions de référence :** *Le Colonel Chabert suivi de Ferragus*, Paris, Le Livre de Poche, 1964, 255 p.
- **1re édition :** 1832
- **Thématiques :** honneur, guerre, vengeance, mariage, argent

Le Colonel Chabert est un roman publié dès 1832, mais qui parait dans sa forme définitive en 1844. Appartenant aux « Scènes de la vie privée » de *La Comédie humaine*, il raconte la lutte de Hyacinthe Chabert, ancien colonel dans l'armée de Napoléon (empereur des Français, 1769-1821), pour recouvrer son honneur, ses biens et sa femme, après qu'on l'a cru mort.

Ce combat est l'occasion pour l'auteur de conter les terribles actes provoqués par l'union de l'amour et de l'argent, le tout dans un univers qui oscille constamment entre la misère de Chabert et la richesse de sa femme.

LE RETOUR DU COLONEL CHABERT

À Paris, dans l'étude d'un avoué, des clercs travaillent dans une ambiance plutôt détendue. Alors qu'ils se laissent aller à des quolibets, ils voient arriver à leur porte un vieil homme. Ce dernier, plutôt misérable, demande à s'entretenir avec le patron des lieux, un certain M. Derville. Mais les clercs lui apprennent que ce dernier, très occupé, ne passe à son bureau que la nuit : il lui faudra revenir vers 1 heure du matin s'il veut espérer le rencontrer.

À l'heure dite, l'étrange homme se présente à nouveau et est reçu par Derville. Il lui décline alors sa véritable identité : il s'appelle Hyacinthe Chabert, connu en France sous le titre de colonel Chabert, célèbre pour ses exploits sur les champs de bataille et pour sa mort héroïque à Eylau (8 février 1807). En réalité, ce dernier n'a pas succombé : on l'a cru mort alors qu'il était plongé dans un état de catalepsie (processus au cours duquel un individu tombe dans un évanouissement profond sans que cela ne provoque de dégradation des fonctions vitales) et il a donc été enterré dans une fosse. Lorsqu'il a repris connaissance, mal en point et avec une grave blessure à la tête, il lui a fallu sortir de ce charnier : il n'a dû son salut qu'à l'intervention d'un couple qui l'a recueilli et hébergé. Mais, devant la gravité de son état, ils l'ont envoyé à l'hôpital de Heilsberg afin qu'il reçoive des soins plus adéquats. C'est dans cet établissement qu'il a recouvré la santé et s'est souvenu être le colonel Chabert. En revendiquant ce patronyme, il s'est rendu compte que tout le monde le prenait pour un fou, la nouvelle de son décès étant connue de tous. Seul un médecin a cru à son histoire et lui a rédigé un dossier prouvant son identité, le tout sous la houlette d'un notaire.

Mais le colonel est finalement chassé de l'hôpital. Après avoir erré de ville en ville et raconté son histoire à qui voulait l'entendre, il s'est fait enfermé dans un asile à Stuttgart. Il est libéré deux ans plus tard pour bonne conduite. Peu après, il a rencontré Boutin, un ancien soldat que le colonel avait dirigé et qui a tout de suite reconnu son ancien chef. Il l'a alors envoyé à Paris pour solliciter l'aide de la comtesse Ferraud, son ancienne femme. Mais aucune assistance n'arrivant, il s'est lui-même rendu dans la capitale, où il a appris sa propre mort, l'ouverture de sa succession et le remariage de sa désormais ex-épouse. Bien qu'il lui ait écrit plusieurs lettres, cette dernière continue de nier son existence. C'est pour se venger d'elle et pour récupérer ses biens que le colonel Chabert souhaite obtenir le concours de Derville.

L'avoué, contrairement aux autres hommes de loi que le vieux militaire a consultés, prend l'affaire très au sérieux : il annonce qu'il fera rapatrier le dossier d'Heilsberg dans son étude et qu'il fera tout pour faire triompher le colonel. En outre, il lui versera chaque mois un peu d'argent afin qu'il puisse vivre en attendant la tenue d'un éventuel procès.

LA TRANSACTION

Trois mois plus tard, Derville rend visite à son client. Celui-ci loge chez Vergniaud, un ancien soldat de son régiment devenu nourrisseur (personne qui offre le couvert, et parfois le gite, en échange d'une certaine somme d'argent). Dans ce cadre misérable, l'avoué explique au colonel qu'un procès est envisageable, mais qu'il coutera très cher au vu des circonstances exceptionnelles de l'affaire. En outre, il informe le vieil homme que son testament ayant été exécuté, il ne peut espérer récupérer que le quart de sa fortune. Dans l'impossibilité d'avancer la somme nécessaire pour engager des poursuites, Derville propose d'être le médiateur d'un accord à l'amiable entre lui et Mme Ferraud. Le colonel accepte et fait entièrement confiance à son bienfaiteur.

Derville se rend chez la comtesse qu'il connait bien car c'est une de ses clientes. Là, il déploie toute son intelligence pour piéger l'ancienne femme du colonel : il insiste sur la fragilité de sa nouvelle union et les aspirations royalistes de son mari qui pourraient le pousser à la quitter en profitant d'un éventuel scandale. Devant ces dangers, elle accepte une conciliation avec le colonel Chabert chez l'avoué.

Durant cette conciliation, Derville propose à la comtesse Ferraud de verser une rente de 24 000 francs à son ex-époux en échange de quoi l'affaire sera étouffée. Mais la comtesse refuse, provoquant la colère du militaire. Ce dernier l'injurie, et elle quitte l'étude.

Alors qu'il sort du bureau de Derville, le colonel Chabert est piégé par la comtesse : sous des airs enjôleurs, cette dernière lui fait miroiter l'espoir d'une réconciliation. L'emmenant dans sa résidence secondaire de campagne à Groslay, elle parvient à le faire renoncer à son désir de vengeance. Lui-même accepte de conserver son statut de mort afin de pouvoir revivre une histoire d'amour avec celle qui fut son épouse. Cependant, alors qu'il s'apprête à signer un contrat confirmant son renoncement, il prend conscience du leurre imaginé par son ancienne épouse : elle n'a nullement l'intention de l'aimer secrètement, mais bien de s'en débarrasser en l'envoyant à l'asile de Charenton. Dégouté par tant de bassesse, le colonel Chabert fuit le domaine et se remet à errer sur les routes.

LE RENONCEMENT

Six mois après l'échec de la transaction, Derville reste impayé de ses services et décide de contacter la comtesse Ferraud pour recevoir son argent. Delbecq, l'intendant de cette dernière, lui refuse ce règlement en précisant qu'aucune transaction n'a eu lieu, le présumé Chabert ayant reconnu son imposture. Convaincu d'une manipulation de la part de la comtesse, il conclut que pour réussir dans la société de l'Ancien Régime, il faut avant tout renoncer à son humanité et à sa bonne conscience.

Peu de temps après, l'avoué croise par hasard son ancien client au tribunal. Vagabond n'ayant plus comme identité que son prénom Hyacinthe, il est gêné et outré lorsque Derville lui apprend le refus de paiement de son ancienne épouse. Il lui signe alors une reconnaissance de dette à l'attention de la comtesse et, n'ayant pas le sous, témoigne de sa gratitude en posant une main sur son cœur.

Une vingtaine d'années plus tard, en juin 1840, on apprend que l'ancienne épouse Chabert est devenue « une femme d'esprit très agréable ; mais un peu trop dévote » (édition Librio, p. 93). Son désir nouveau de respecter Dieu atteste de sa culpabilité dans l'affaire. Derville a trouvé un successeur en la personne de Godeschal et, alors qu'il l'accompagne à un procès, les deux hommes rencontrent le défunt colonel, pensionnaire d'un hospice pour personnes âgées. Ce dernier refuse qu'on l'appelle par son nom et sa qualité, leur déclarant : « Je ne suis plus un homme, je suis le numéro 164, septième salle » (*ibid.*, p. 94). Fou, fervent adorateur de Napoléon dont il ne cesse de célébrer la gloire et reclus de la société, il apparait comme un sage, un « philosophe » qui renie la société de Paris, ville possédée par les vices de l'Ancien Régime. Derville envisage alors de faire le même choix, de manière moins extrême, en se retirant à la campagne.

ÉTUDE DES PERSONNAGES

LE COLONEL HYACINTHE CHABERT

Personnage qui a donné son nom au roman, Chabert est un ancien colonel de l'armée de Napoléon, comte et officier de la Légion d'honneur. Orphelin à sa naissance, enfant de l'hospice, il doit ses titres et sa fortune à son mérite. Ami et protégé de l'Empereur, il est décrit comme fier, craint, respecté, généreux et comme un véritable héros dont les prouesses sont louées avant que sa mort ne soit déclarée.

S'il est un héros sous l'Empire, son statut change du tout au tout sous l'Ancien Régime. Lors de la bataille d'Eylau, il effectue une charge décisive qui lui vaut plusieurs blessures assez graves pour que ses camarades l'abandonnent sur le champ de bataille, le croyant mort. Son décès est annoncé et il est enterré avec d'autres soldats. Sa résurrection est vécue comme un traumatisme : jugé mort par la société qui a beaucoup changé durant son absence, il n'y trouve plus sa place, n'ayant plus ni nom ni existence dans les registres. Sa femme refuse de reconnaitre qu'il est son ancien époux afin de conserver son nouveau mariage et la fortune dont elle a hérité.

Ce décalage fait de lui un personnage tragique : il n'a plus de raison d'être, ne trouvant plus sa place parmi la société parisienne, tentant tout de même de regagner titres et biens avec détermination. Cette entreprise est présentée dès les premières phrases comme vaine : il est ce « vieux carrick » (*ibid.*, p. 9) démodé qui inspire la pitié, le dégout, l'effroi, et sur qui l'on jette des boulettes de mie de pain. Pathétique, ce sont pitié et compassion qui font accepter à Derville son dossier.

Au cours du roman, on relève trois temps séquençant l'évolution du personnage :

- on le découvre, au début de l'histoire, en haillons, avec une allure cadavérique, portant une perruque grotesque qui se soulève avec son chapeau, ce qui le rend assez pathétique ;
- il recouvre ensuite la grandeur de sa position par sa nouvelle tenue et son audace lorsqu'il parait au cabinet de Derville pour discuter avec sa femme. Mais c'est cette ambition qui cause sa perte : il ne comprend pas les codes de la nouvelle société, et, aveuglé par l'amour, ne voit pas le piège que son ancienne épouse lui tend ;
- finalement dégouté par la mesquinerie et l'avarice de sa femme, il nie toute appartenance à la société, rejetant même son nom (il se présente en citant son numéro assigné et celui de sa chambre), et s'exile, refusant ses titres mais aussi de s'adapter à la nouvelle condition promue par l'Ancien Régime dans lequel il ne se retrouve pas.

LA COMTESSE FERRAUD

Ancienne épouse du colonel Chabert née Rose Chapotel, la comtesse Ferraud est l'incarnation même de la société parisienne pervertie et avide de fortune de l'Ancien Régime. Chabert fait sa rencontre au Palais-Royal alors qu'elle est courtisane et vit en vendant ses charmes aux hommes. Il l'achète donc pour qu'elle devienne sa femme.

Pervertie par la fortune qu'elle reçoit de ses deux mariages, elle devient avide d'argent, prête à tout pour l'obtenir et le conserver :

- elle utilise l'intendant de son second mari, Delbecq, afin de récupérer dans son dos les dernières sommes issues de sa première union ;
- elle refuse de payer les 24 000 francs de rente – une maigre partie de l'a fortune issue de son mariage avec Chabert, qu'elle a obtenue par ruse et détournements – exigés par l'accord à l'amiable que lui propose l'avoué Derville. Son refus indigné provoquera la colère du colonel et l'échec de leur transaction, permettant à la comtesse de régler l'affaire de manière plus personnelle ;
- elle n'hésite pas à manipuler Chabert, lui faisant croire que son amour pour lui est intact, mais qu'elle se trouve face à de nouvelles priorités, illustrant ses propos en lui présentant ses deux enfants dont l'insouciance, l'innocence et l'attachement qu'ils ont pour leur mère achèvent de toucher le cœur du vieux soldat.

La comtesse Ferraud est présentée comme une femme fatale. Elle sait tourner les situations à son avantage grâce à ses attributs féminins, ses qualités de comédienne et sa grande mesquinerie :

> « Pauvres enfants ! s'écria la comtesse en ne retenant plus ses larmes ; il faudra les quitter ; à qui le jugement les donnera-t-il ? [...] Oh oui, reprit-elle, si l'on me sépare du comte, qu'on me laisse les enfants et je serai soumise à tout... » (*ibid.*,

p. 83)

Cette scène présente la comtesse comme un être manipulateur sûr de ses atouts que sont ici ses larmes et ses enfants. Aussi belle que castratrice, elle incarne une forme de beauté venimeuse.

Si elle a pu acquérir une place importante dans la haute société, elle a toutefois des limites :

- Derville, habile analyste et manipulateur grâce à son métier, parvient à découvrir ses peurs ainsi que ses intentions et à obtenir sa présence à une audience qui n'aboutira cependant pas ;
- sans ses deux mariages, elle n'aurait pas eu accès à la fortune.

MAITRE DERVILLE

Derville est avoué et maitre de sa propre étude, lieu où commence le roman. Si ce sont d'abord ses nouvelles acquisitions financières au jeu qui le poussent à investir et à soutenir la cause de Chabert, sa compassion et son grand cœur y participent également. C'est un homme curieux, intelligent et intègre. Très réputé en raison de ses qualités humaines et professionnelles, il est constamment sollicité.

Avec Chabert, il se retrouve dans une position délicate : à la fois avoué du colonel et de son ancienne femme, il tente de résoudre l'affaire par une transaction à l'amiable. Malheureusement, cette trop grande confiance en l'homme – ou précisément ici, en la comtesse Ferraud – ne lui permet pas de parvenir aux fins qu'il avait espérées. Il est désabusé au terme du roman, lorsqu'il découvre que le colonel a en réalité tout perdu : fortune, titres, identité et humanité, refusant de vivre dans la société.

Il fait de cette philanthropie le malheur de sa condition, car il constate qu'avec cette qualité humaine, il ne peut mener à bien ses affaires et respecter les valeurs qu'il défend : « Soyez donc humain, généreux, philanthrope et avoué, vous vous faites enfoncer ! » (édition Librio, p. 89).

Spécialiste du genre humain par ses fonctions, Derville incarne donc la droiture, l'honnêteté et la véritable justice, qualités rares dans la société décrite par Balzac. Son dégout le pousse à partir s'installer à la campagne.

Il apparait dans ce même rôle de bienfaiteur au sein de plusieurs romans de *La Comédie humaine* tels que *Le Père Goriot*.

LES PERSONNAGES SECONDAIRES

De nombreux personnages secondaires participent à l'intrigue. On relève notamment les clercs de l'étude de maitre Derville, le comte Ferraud, second époux de la comtesse Ferraud, Delbecq, l'intendant de la famille Ferraud et Louis Vergniaud.

Les clercs de l'étude

Ils sont cinq : Boucard, Huré, Godeschal (futur successeur de Derville), Desroches et le jeune saute-ruisseau de l'étude,

Simonnin.

Le roman s'ouvre sur une scène de repas à laquelle tous participent. Ils donnent alors une image comique et grotesque de l'état clérical qui considère les citoyens comme des piles de dossiers pour lesquelles ils n'ont aucun respect et à côté desquelles ils prennent leurs repas.

Le comte Ferraud

Même s'il n'apparait pas physiquement dans l'histoire et qu'il n'entend pas parler de l'affaire concernant l'ancien mari de sa femme, le comte Ferraud occupe une place relativement importante dans l'histoire. Il est le second époux de Rose Chapotel, ancienne femme du colonel Chabert. Aristocrate par le passé, il quitte la France pendant la Révolution (1789-1799) pour n'y revenir qu'au retour de la monarchie sous Louis XVIII (1755-1824), dont il est partisan. Père de deux enfants nés de son mariage avec la comtesse, il reste une menace pour cette dernière. En effet, s'il découvre ses manipulations financières et la possible contestation de son mariage par le retour du colonel Chabert, il pourrait répudier sa femme et ambitionner meilleur parti à la Cour du roi. C'est pour conserver son mariage avec lui que la comtesse Ferraud souhaite éloigner Chabert.

Delbecq

Delbecq est l'intendant de la famille Ferraud. Entièrement dévoué à la comtesse qui lui a promis une rémunération et une place importante dans la justice française, c'est lui qui lui permet d'arriver à ses fins grâce à son expérience d'ancien avoué ruiné, passé maitre dans l'art de la manipulation et des détournements.

Louis Vergniaud

Ancien maréchal des logis de la garde impériale, Louis Vergniaud est nourrisseur dans une petite ferme édifiée avec des matériaux de fortune. Chabert a été le premier commandant sous lequel il a servi. Il lui porte une grande admiration. Sa famille et lui le recueillent, lui offrant gite et couvert gratuitement pendant plus d'un an. Fatigué des dépenses que cette invitation ajoute à leur vie rude et difficile, il vient plaider sa cause auprès de Derville afin d'en obtenir un dédommagement. L'avoué lui assure qu'il recevra bientôt une récompense de la part de Chabert, ayant foi dans le bon déroulement des transactions l'opposant à son ancienne épouse. Malheureusement, il n'en sera rien, et Louis Vergniaud deviendra cocher de cabriolet après avoir fait faillite.

Heureux sous l'Empire, il se trouve dépassé et malheureux durant le rétablissement de la monarchie, tout comme le colonel Chabert, accentuant le caractère dévastateur de ce retour de la royauté régie par l'avarice et la soif de pouvoir.

CLÉS DE LECTURE

LE COLONEL CHABERT ET L'ESTHÉTIQUE RÉALISTE

Le réalisme est un courant esthétique né dans la première moitié du XIXᵉ siècle, en opposition au romantisme. Il a pour but de donner une représentation fidèle du réel sans idéalisation ni artifices. Balzac est l'un des précurseurs de ce mouvement en littérature, qui sera reconnu en tant que tel entre les années 1840 et 1850. On relève dans *Le Colonel Chabert* plusieurs points importants aux fondements de l'esthétique balzacienne.

Une écriture basée sur l'observation

Chez Balzac, l'écriture est basée sur l'observation. L'auteur dévoile une peinture du monde réel qu'il réalise en s'appuyant sur son observation méticuleuse de la société française. Cela lui permet par exemple d'introduire plusieurs types de personnages issus de milieux sociaux variés. Le cadre justifie d'ailleurs souvent les personnages ; c'est pourquoi les descriptions de lieux et de l'environnement précèdent souvent leur arrivée. Dans *Le Colonel Chabert*, c'est par exemple le cas lorsque Derville entre dans la cour de la famille Vergniaud ; le narrateur procède alors à une longue description pour introduire ce lieu pauvre construit avec et sur les décombres de vieilles bâtisses :

> « Quoique récemment construite, cette maison semblait près de tomber en ruines. Aucun des matériaux n'y avait eu sa vraie destination, ils provenaient tous des démolitions qui

se font journellement dans Paris. [...] Le rez-de-chaussée, qui paraissait être la partie habitable, était exhaussé d'un côté, tandis que de l'autre, les chambres étaient enterrées par une éminence. » (*ibid.*, p. 45)

La description de la maison, sur le point de s'écrouler, est représentative de ses habitants et annonce la perte de ceux qui l'occupent : le colonel n'obtiendra pas gain de cause ; quant à son ami, il fera faillite. À peine la demeure est-elle construite qu'elle commence déjà à s'affaisser, les chambres sont déjà « enterrées ». Cette description prépare le portrait de son propriétaire Louis Vergniaud, dont la « figure était brune, creusée, ridée » (*ibid.*, p. 56), aussi fatiguée, marquée et terreuse que sa maison ; il est lui aussi voué à s'écrouler.

Le physique révélateur de l'identité des personnages

De même, on constate que les descriptions physiques sont très révélatrices de la nature du personnage : Chabert est décrit comme un défunt revenant d'entre les morts. Lors de la première apparition, il est apparenté à un cadavre et est d'ailleurs souvent désigné par l'expression « le défunt » :

> « Ses yeux paraissaient couverts d'une taie transparente [...]. Le visage pâle, livide, et en lame de couteau, s'il est permis d'emprunter cette expression vulgaire, semblait mort. Le cou était serré par une mauvaise cravate de soie noire. » (*ibid.*, p. 23)

Cette description intervient avant que l'on sache réellement l'identité du colonel Chabert et son histoire. Or il est introduit ici comme un cadavre, un revenant bravant la mort pour revenir à la vie :

- ses yeux sont recouverts d'un voile blanc pareil à celui qui recouvre ceux des aveugles et des morts ;
- son teint est d'une pâleur cadavérique, pareil à celui d'un mort ;
- le fait que son cou soit « serré » par une cravate noire lui donne une allure de pendu qu'aurait condamné la société.

Ces détails introduisent non seulement la condition du colonel (c'est un revenant qui tente de revivre parmi la nouvelle société ; son allure de mort annonce une réintégration difficile), mais aussi une mise à distance qui commence dès les premières pages avec la mention de son « vieux carrick » passé et démodé (*ibid.*, p. 9) ainsi que son nœud serré de cravate qui en fait un pendu, mort aux yeux de la société.

Une peinture vivante de la société

Pour rendre vivantes ses observations et faire valoir l'idée qu'il a de la société, Balzac prend comme support la fiction, ce qui lui permet de donner vie à ses personnages à travers l'intrigue d'une histoire. Afin de donner cohérence et logique aux portraits qu'il dresse, l'auteur décide de réunir ses écrits sous le titre *La Comédie humaine*, grande fresque composée de différentes sections, dont les « Scènes de la vie privée » auxquelles appartient Le *Colonel Chabert*. Ce regroupement en scènes met en évidence le retour de certains personnages dans une série de livres. C'est le cas notamment des hommes de loi comme Derville ou Delbecq, même si ce dernier reste extrêmement secondaire.

La fiction, si elle transgresse quelque peu cette idée de représentation fidèle du réel, n'en est pas moins un moyen de faire apparaitre les particularités et les défauts de la société dans laquelle on vit en introduisant des personnages variés représentatifs de la condition humaine. Dans *Le Colonel Chabert*, il s'agit notamment de remettre en cause le retour de la monarchie après la chute de Napoléon et de l'Empire grâce au personnage éponyme.

LE RENVERSEMENT DES VALEURS

Un changement politique important

Le premier bouleversement est causé par un changement politique important. En effet, dans ce roman, Balzac dénonce les modifications qu'entraine le retour de la monarchie dans la société. Ce bouleversement est vécu par Chabert qui l'incarne. En effet, le vieux colonel, héros de guerre sous l'Empire de Napoléon (1804-1815), a obtenu mérite et titres durant cette période. Alors qu'il revient en France, espérant reconquérir son identité et ses biens grâce aux valeurs qu'il défendait et à son mérite militaire, il réalise que la société s'est métamorphosée durant ses années de convalescence et d'errance entre l'Allemagne et la France. En effet, tandis que le règne de Napoléon se veut – à ses débuts tout du moins – fidèle aux préceptes de la République, abolissant privilèges aristocratiques et rendant tout homme responsable devant la loi, la Restauration (1815-1830) vient réintroduire les valeurs de la monarchie, permettant notamment le retour de l'aristocratie et la malléabilité de la justice.

Le mérite, l'amour et l'honneur

Dans son roman, Balzac dresse la peinture d'une société rendue impitoyable suite au retour de la monarchie et de l'aristocratie. Cela implique un changement politique, mais aussi un changement des valeurs qui se trouvent bouleversées. Dans cette nouvelle société, le vieux colonel, homme fier, méritant, courageux et droit ne peut pas jouir de ses qualités humaines ; ce sont précisément elles qui le mèneront à sa perte. Homme de parole et de sentiments, il ne remarque pas le piège de son ancienne épouse, qui, lui faisant croire en son amour toujours brulant, le fait ployer devant ses enfants et obtient gain de cause, jusqu'à ce que le défunt surprenne les véritables raisons de ce retour d'affection.

De même, Derville, incarnation de l'homme de droit juste et humain, reconnait les valeurs morales, que sont notamment la justice, le mérite et l'égalité, instaurées par le passé, comme inutiles dans cette société ou la chicane et l'argent règnent en maitre. Le mérite qui était l'une des valeurs de l'Empire, incarnée par le colonel Chabert (il gagne ses différents titres grâce à ses actes héroïques pendant différentes guerres menées par Napoléon Ier) est remplacé par le pouvoir de l'argent et l'ambition.

L'argent et l'ambition

L'argent et l'ambition sont deux thématiques étroitement liées, moteurs de l'intrigue. Les personnages agissent essentiellement pour l'argent et en vue de jouir d'une meilleure position dans la société. Delbecq en est le parfait exemple :

il accepte d'offrir ses services d'ancien avoué trafiquant et manipulateur en échange d'argent et d'une très bonne place dans un institut de justice.

L'argent apparait comme une source de pouvoir qui attise le désir des hommes, leur ambition, mais qui peut également les mener à leur perte : il est à double tranchant et façonne des êtres cupides et manipulateurs.

Dans cette société, les hauts sentiments sont désormais inutiles et sources de malheur : l'amour que porte encore le colonel à son ancienne épouse cause son exil. Il y a donc un renversement des statuts et des valeurs. Enfin, on peut également interpréter ce décalage comme un rejet du romantisme : Chabert, héros tragique, torturé, impulsif – et donc romantique par excellence –, ne trouve pas sa place dans la dure société décrite par Balzac. Le réalisme, peinture de l'ordre politique et social nouveau, emporte tout sur son passage.

LE STATUT DE LA FEMME

La femme est ici représentée par l'unique figure féminine du roman : la comtesse Ferraud, ex-épouse du colonel Chabert. Elle incarne ce renversement des valeurs. En effet, si elle parvient à se hisser à la hauteur de Chabert et à lui tenir tête, c'est en usant de méthodes condamnées par Balzac, motivées par une soif d'argent et de pouvoir.

Elle devient, dans ce roman, l'égal de l'homme, émancipation toutefois réduite à certaines conditions :

- **le mariage**. Rose Chapotel (nom de jeune fille de la comtesse) parvient en effet à gravir les échelons de la société grâce au mariage. Sous l'Empire, elle passe du rang de simple courtisane à celui de comtesse grâce à son union avec Chabert. Durant la Restauration, alors que les valeurs mises en place par le régime napoléonien sont abolies, elle conserve son titre et poursuit son anoblissement en se remariant avec un aristocrate, obtenant de cette union deux enfants ;
- **la séduction et la manipulation**. La comtesse joue beaucoup sur sa condition de femme pour parvenir à ses fins. C'est précisément ces armes féminines qu'elle utilise pour attendrir Chabert et lui faire oublier son ambition de regagner titres et épouse. S'il insiste pour la reconquérir, elle perdra tout : « Vous trouverez une amante, une mère, là où vous aviez laissé une épouse ».
- **l'argent**. Si la comtesse parvient à ses fins, ses surtout grâce à l'appui de Delbecq qu'elle récompense généreusement afin d'acheter ses services, sa discrétion et sa loyauté.

La femme incarne ici un versant du bouleversement politique et social induit par le retour de la monarchie : pour conserver ses droits et son statut, elle est prête aux pires bassesses. Pourtant, lorsqu'elle apparait pour la première fois, elle donne l'image d'une personne jeune et pure, et, plus tard dans sa maison de campagne, elle dévoile au héros éponyme la figure d'une femme et d'une mère aimante. Mais contrairement à d'autres personnages féminins de Balzac, cette fragilité et cette pureté apparentes ne sont qu'une mise en scène permettant à la comtesse de parvenir à ses fins.

LA PENSÉE BALZACIENNE

Dans *La Comédie humaine*, Balzac entreprend de dresser un portrait de la société grâce à la fiction. Cela ne se réduit pas à une simple observation ni à une fidèle représentation. Pour l'auteur, il s'agit de faire voir au lecteur ses défauts, introduits par différents aspects du genre humain, et, par cet examen, d'en tirer une conclusion, une moralité (elle est ici esquissée par Derville à la fin du roman : « Soyez donc humain, généreux, philanthrope et avoué, vous vous faites enfoncer », édition Librio, p. 89) de manière plus ou moins directe.

Une société destructrice

La société destructrice est incarnée par la ville de Paris où se déroule la plus importante partie de l'intrigue. L'effervescence de la ville qui fait ressortir les pires côtés de l'homme est d'ailleurs placée en opposition avec la campagne, lieu de repos et de légèreté où la vie est moins rude. Chabert fait les frais de cette société en essayant de regagner la place qui était la sienne et qu'il mérite.

La société semble détruire tout ce qui ne rentre pas dans ses rouages. Aussi Chabert apparait-il comme un personnage tragique dès sa première apparition. Il est le « vieux carrick » démodé qui reçoit les boulettes de mie de pain des clercs. Simonnin, le petit clerc de l'étude, se moque de lui quand il vient exposer sa requête. Son arrivée est d'ailleurs traitée en parallèle du repas des clercs qui s'inscrit dans un registre comique.

La vie, une aventure pesante et dévastatrice pour le colonel Chabert

Dans cette société dévastatrice, la vie apparait comme plus difficile et douloureuse que les exploits guerriers du colonel pendant la bataille d'Eylau. En effet, en s'élançant seul au-devant de l'ennemi suivi de loin par le reste de la garde, il exécute un acte héroïque, une « vigoureuse attaque » (*ibid.*, p. 26) narrée dans un registre épique. Cet acte décisif fut reconnu dans l'Histoire.

Cependant, son retour à la vie sous l'Ancien Régime est misérable, pathétique, lent et laborieux. Il en est rejeté, tantôt vagabond, tantôt pris pour un fou. La mort elle-même apparait comme meilleure que la vie : « Il lui prit un si grand dégoût de la vie que s'il y avait eu de l'eau près de lu il s'y serait jeté, que s'il avait eu des pistolets il se serait brûlé la cervelle. » (*ibid.*, p. 86)

La fuite comme seul recours : une déshumanisation nécessaire pour respecter ses valeurs

Dans ce roman, Balzac rejette totalement la société décrite. Elle est présentée comme un lieu où l'homme ne peut vivre avec de véritables valeurs, accomplir sa destinée. En effet, plutôt que l'accommodement à cette société, le personnage sera contraint à la déshumanisation pour y poursuivre ses jours. En effet, si le colonel incarne une figue épique et christique par son passé, il est, au sein de la société, un bouc émissaire. La seule solution pour Chabert est de fuir sans demander son reste, oubliant son nom et le laissant derrière lui. Un seul autre personnage envisage également de quitter Paris : Derville. Les deux hommes sont les seuls à trouver justice aux yeux de Balzac qui regrette l'Empire de Napoléon.

Ce faisant, l'auteur montre sa volonté de privilégier l'être à l'avoir : ce qui fait la fortune de l'homme n'est pas son bien mais une identité, son fond moral. Chabert opte pour la déshumanisation : il refuse d'être appelé par son nom, de rentrer dans les moules de la société, ne conservant pour identité que son numéro de résident à l'hospice à la fin du roman. *Le Colonel Chabert* illustre donc le caractère dévastateur de la société née du retour de la monarchie. Le héros éponyme incarne cette contradiction entre une époque où l'égalité et la justice étaient vraies selon Balzac, et celle où tout est manipulation. En effet, le colonel ne trouve pas justice et finit par abdiquer, poursuivant les traces de Napoléon. Son humanisme – comme celui de Derville – et son caractère tragique n'ont pas de place dans la société parisienne. Pour passer outre la cruauté du monde, il choisit de perdre son identité, sa raison sociale, et sombre dans une forme de « folie ».

Par la peinture d'une société introduite par les personnages fictifs de Chabert puis de Derville, Balzac donne à voir au lecteur une représentation, mais aussi une critique morale de la civilisation de son époque.

PISTES DE RÉFLEXION

QUELQUES QUESTIONS POUR APPROFONDIR SA RÉFLEXION...

- Comment définir le réalisme de Balzac dans *Le Colonel Chabert* ?
- Y a-t-il, dans l'œuvre, des éléments qui vous renseignent sur la méthode d'écriture de Balzac ? Si oui, lesquels ?
- Quelle vision du mariage Balzac présente-t-il dans ce roman ?
- Quelle place prend la comtesse Ferraud dans le conflit qui l'oppose à son premier mari ? Quelle image de la femme donne-t-elle ?
- Dans quelle mesure peut-on dire que le colonel Chabert est à la fois un personnage épique et pathétique ? En quoi cela a-t-il un rapport avec l'évolution de la société ?
- En quoi cette œuvre reflète-t-elle l'époque à laquelle elle a été publiée ?
- Qu'est-ce qui lie *Le Colonel Chabert* au reste de *La Comédie humaine* ?
- Pensez-vous que cette œuvre constitue en quelque sorte une dénonciation ? Si oui, que dénonce Balzac dans son roman ?
- Comparez le roman avec ses adaptations cinématographiques.
- Selon vous, qu'est-ce qui a fait de Balzac un des plus grands écrivains de son siècle ? À quoi son succès est-il dû ?

Votre avis nous intéresse !
Laissez un commentaire sur le site de votre librairie en ligne
et partagez vos coups de cœur sur les réseaux sociaux !

POUR ALLER PLUS LOIN

ÉDITIONS DE RÉFÉRENCE

- Balzac H. de, *Le Colonel Chabert suivi de Ferragus*, Paris, Le Livre de Poche, 1964.
- Balzac H. de, *Le Colonel Chabert*, Paris, Librio, 2007.

ÉTUDES DE RÉFÉRENCE

- Aron P., Saint-Jacques D. et Viala A., *Le Dictionnaire du littéraire*, Paris, Presses universitaires de France, coll. « Quadrige », 2004.
- Bardèche M., *Balzac romancier*, Paris, Plon, 1944.
- Beaumarchais J.-P. de, Couty D. et Rey A. (dir.), *Dictionnaire des écrivains de langue française*, Paris, Larousse, 2001.
- Guillaume M.-M., « Balzac », in *Histoire de la littérature française*, Paris, Emmanuel Vitte, 1950.
- Lagarde A. et Michard L., *XIXe siècle. Les auteurs français du programme. Anthologie et histoire littéraire*, Paris, Bordas, 1985.
- Méra B., « Le roman philosophique balzacien et la passion de l'absolu », in *L'Année balzacienne 2006*, Paris, Presses universitaires de France, 2006.

ADAPTATIONS

- *Le Colonel Chabert*, film d'André Calmette et d'Henri Pouctal, avec Claude Garry, Romuald Joubé et Aimé Raynal, France, 1911.

- *Le Colonel Chabert*, film Carmine Gallone, avec Umberto Zanuccoli, Charles le Bargy et Rita Pergament, Italie, 1920.
- *Un homme sans nom*, film de Gustav Ucicky et Roger Le Bon, avec Fernadel, Firmin Gémier et Robert Goupil, France et Allemagne, 1932.
- *Le Colonel Chabert*, film de René Le Héna, avec Raimu, Marie Bell et aimé Clariond, France, 1943.
- *Le Colonel Chabert*, film d'Yves Angelo, avec Gérard Depardieu, Fanny Ardant et Fabrice Luchine, France, 1994.

SUR LEPETITLITTÉRAIRE.FR

- Commentaire du dénouement du *Colonel Chabert* d'Honoré de Balzac.
- Commentaire portant sur l'incipit du *Père Goriot* d'Honoré de Balzac.
- Commentaire portant sur le portrait du père Grandet d'*Eugénie Grandet* d'Honoré de Balzac.
- Fiche de lecture sur *Eugénie Grandet*.
- Fiche de lecture sur *Ferragus* d'Honoré de Balzac.
- Fiche de lecture sur les *Illusions perdues* d'Honoré de Balzac.
- Fiche de lecture sur *L'Élixir de longue vie* d'Honoré de Balzac.
- Fiche de lecture sur *La Cousine Bette* d'Honoré de Balzac.
- Fiche de lecture sur *La Duchesse de Langeais* d'Honoré de Balzac.
- Fiche de lecture sur *La Femme de trente ans* d'Honoré de Balzac.

- Fiche de lecture sur *La Fille aux yeux d'or* d'Honoré de Balzac.
- Fiche de lecture sur *La Peau de chagrin* d'Honoré de Balzac.
- Fiche de lecture sur *Le Bal de sceaux* d'Honoré de Balzac.
- Fiche de lecture sur *Le Chef-d'œuvre inconnu* d'Honoré de Balzac.
- Fiche de lecture sur *Le Lys dans la vallée* d'Honoré de Balzac.
- Fiche de lecture sur *Le Père Goriot*.
- Fiche de lecture sur *Les Chouans* d'Honoré de Balzac.
- Fiche de lecture sur *Sarrasine* d'Honoré de Balzac.
- Questionnaire de lecture sur *Le Colonel Chabert*.
- Questionnaire de lecture sur *Eugénie Grandet*.
- Questionnaire de lecture *sur Le Chef d'œuvre inconnu*.

Retrouvez notre offre complète sur lePetitLittéraire.fr

- des fiches de lectures
- des commentaires littéraires
- des questionnaires de lecture
- des résumés

ANOUILH
- Antigone

AUSTEN
- Orgueil et Préjugés

BALZAC
- Eugénie Grandet
- Le Père Goriot
- Illusions perdues

BARJAVEL
- La Nuit des temps

BEAUMARCHAIS
- Le Mariage de Figaro

BECKETT
- En attendant Godot

BRETON
- Nadja

CAMUS
- La Peste
- Les Justes
- L'Étranger

CARRÈRE
- Limonov

CÉLINE
- Voyage au bout de la nuit

CERVANTÈS
- Don Quichotte de la Manche

CHATEAUBRIAND
- Mémoires d'outre-tombe

CHODERLOS DE LACLOS
- Les Liaisons dangereuses

CHRÉTIEN DE TROYES
- Yvain ou le Chevalier au lion

CHRISTIE
- Dix Petits Nègres

CLAUDEL
- La Petite Fille de Monsieur Linh
- Le Rapport de Brodeck

COELHO
- L'Alchimiste

CONAN DOYLE
- Le Chien des Baskerville

DAI SIJIE
- Balzac et la Petite Tailleuse chinoise

DE GAULLE
- Mémoires de guerre III. Le Salut. 1944-1946

DE VIGAN
- No et moi

DICKER
- La Vérité sur l'affaire Harry Quebert

DIDEROT
- Supplément au Voyage de Bougainville

DUMAS
• Les Trois
  Mousquetaires

ÉNARD
• Parlez-leur
  de batailles,
  de rois et
  d'éléphants

FERRARI
• Le Sermon sur la
  chute de Rome

FLAUBERT
• Madame Bovary

FRANK
• Journal
  d'Anne Frank

FRED VARGAS
• Pars vite et
  reviens tard

GARY
• La Vie devant soi

GAUDÉ
• La Mort du
  roi Tsongor
• Le Soleil des
  Scorta

GAUTIER
• La Morte
  amoureuse
• Le Capitaine
  Fracasse

GAVALDA
• 35 kilos d'espoir

GIDE
• Les
  Faux-Monnayeurs

GIONO
• Le Grand
  Troupeau
• Le Hussard
  sur le toit

GIRAUDOUX
• La guerre de
  Troie
  n'aura pas lieu

GOLDING
• Sa Majesté des
  Mouches

GRIMBERT
• Un secret

HEMINGWAY
• Le Vieil Homme
  et la Mer

HESSEL
• Indignez-vous !

HOMÈRE
• L'Odyssée

HUGO
• Le Dernier Jour
  d'un condamné
• Les Misérables
• Notre-Dame
  de Paris

HUXLEY
• Le Meilleur
  des mondes

IONESCO
• Rhinocéros
• La Cantatrice
  chauve

JARY
• Ubu roi

JENNI
• L'Art français
  de la guerre

JOFFO
• Un sac de billes

KAFKA
• La Métamorphose

KEROUAC
• Sur la route

KESSEL
• Le Lion

LARSSON
• Millenium 1. Les
  hommes qui
  n'aimaient pas
  les femmes

LE CLÉZIO
• Mondo

LEVI
• Si c'est un
  homme

LEVY
• Et si c'était vrai…

MAALOUF
• Léon l'Africain

MALRAUX
• La Condition
  humaine

MARIVAUX
• La Double
  Inconstance
• Le Jeu de l'amour
  et du hasard

MARTINEZ
• Du domaine
  des murmures

MAUPASSANT
• Boule de suif
• Le Horla
• Une vie

MAURIAC
• Le Nœud
  de vipères

MAURIAC
• Le Sagouin

MÉRIMÉE
• Tamango
• Colomba

MERLE
• La mort est
  mon métier

MOLIÈRE
• Le Misanthrope
• L'Avare
• Le Bourgeois
  gentilhomme

MONTAIGNE
• Essais

MORPURGO
• Le Roi Arthur

MUSSET
• Lorenzaccio

MUSSO
• Que serais-je
  sans toi ?

NOTHOMB
• Stupeur et
  Tremblements

ORWELL
• La Ferme
  des animaux
• 1984

PAGNOL
• La Gloire de
  mon père

PANCOL
• Les Yeux jaunes
  des crocodiles

PASCAL
• Pensées

PENNAC
• Au bonheur
  des ogres

POE
• La Chute de la
  maison Usher

PROUST
• Du côté de
  chez Swann

QUENEAU
• Zazie dans
  le métro

QUIGNARD
• Tous les matins
  du monde

RABELAIS
• Gargantua

RACINE
• Andromaque
• Britannicus
• Phèdre

ROUSSEAU
• Confessions

ROSTAND
• Cyrano de
  Bergerac

ROWLING
• Harry Potter à
  l'école des sor-
  ciers

SAINT-EXUPÉRY
• Le Petit Prince
• Vol de nuit

SARTRE
• Huis clos
• La Nausée
• Les Mouches

SCHLINK
• Le Liseur

SCHMITT
- La Part de l'autre
- Oscar et la Dame rose

SEPULVEDA
- Le Vieux qui lisait des romans d'amour

SHAKESPEARE
- Roméo et Juliette

SIMENON
- Le Chien jaune

STEEMAN
- L'Assassin habite au 21

STEINBECK
- Des souris et des hommes

STENDHAL
- Le Rouge et le Noir

STEVENSON
- L'Île au trésor

SÜSKIND
- Le Parfum

TOLSTOÏ
- Anna Karénine

TOURNIER
- Vendredi ou la Vie sauvage

TOUSSAINT
- Fuir

UHLMAN
- L'Ami retrouvé

VERNE
- Le Tour du monde en 80 jours
- Vingt mille lieues sous les mers
- Voyage au centre de la terre

VIAN
- L'Écume des jours

VOLTAIRE
- Candide

WELLS
- La Guerre des mondes

YOURCENAR
- Mémoires d'Hadrien

ZOLA
- Au bonheur des dames
- L'Assommoir
- Germinal

ZWEIG
- Le Joueur d'échecs

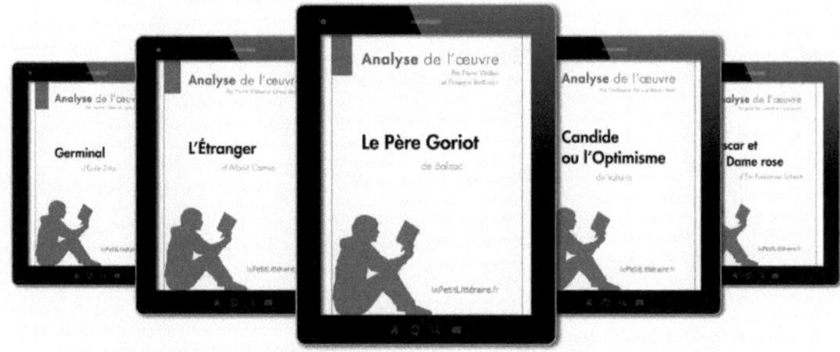

www.lepetitlitteraire.fr

ISBN version numérique : 978-2-8062-9243-8
ISBN version papier : 978-2-8062-9244-5
Dépôt légal : D/2016/12603/946

Avec la collaboration d'Apolline Boulanger pour le chapitre « Le renoncement » du résumé, pour l'analyse des personnages ainsi que les clés de lecture.

Conception numérique : Primento,
le partenaire numérique des éditeurs.

Ce titre a été réalisé avec le soutien de la Fédération Wallonie-Bruxelles, Service général des Lettres et du Livre.